D1647487

Salut, Barbotte !

collection libellule

sous la direction de
Yvon Brochu

R-D création enr.

DU MÊME AUTEUR

Chez Héritage

Barbotte et Léopold, 1993

Chez d'autres éditeurs

Fonce, Armand, Coïncidence/Jeunesse,
1994

Le goût de lire et la bande dessinée,
Association canadienne
pour l'avancement de la littérature
de jeunesse (ACALJ), 1991

Salut, Barbotte !

Pierre Roy

Illustrations
Philippe Germain

Données de catalogage avant publication (Canada)

Roy, Pierre, 1959-

Salut, Barbotte!

(Collection Libellule)
Pour les jeunes.

ISBN: 2-7625-4072-0

I. Titre. II. Collection.

PS8585.0922S24 1995   jC843'.54   C95-940008-7
PS9585.0922S24 1995
PZ23.R69999SA 1995

Conception graphique de la couverture: Flexidée
Illustrations: Philippe Germain
Réviseur-correcteur: Maurice Poirier

© Les éditions Héritage inc. 1995
Tous droits réservés

Dépôts légaux: 1er trimestre 1995
Bibliothèque nationale du Québec
Bibliothèque nationale du Canada

ISBN: 2-7625-4072-0   Imprimé au Canada

LES ÉDITIONS HÉRITAGE INC.
300, rue Arran, Saint-Lambert (Québec) J4R 1K5
(514) 875-0327

Diffuseurs:

Pour la France	**Pour la Belgique**	**Pour la Suisse**
Le Colporteur Diffusion	Les Presses de Belgique	OLF
8, rue du Chant-du-loup	boul. de l'Europe 117	Z13 Corminbœuf
B.P. 01	1301 Wavre	CH 1701 Fribourg
63670 La Roche-Blanche	Bruxelles	Suisse
France	Belgique	

Pour Annie, Mylène et Chatouille

Chapitre 1

Barbotte se repose

Mon grand-père Léopold a attrapé une drôle de maladie. Parfois, il oublie des choses. Il ne reconnaît plus les gens ni les endroits. Il lui arrive même d'oublier le temps. Hier, il se préparait pour aller faire du ski de fond, en plein été!

Grand-papa peut être en pleine forme pendant des semaines, puis tout à coup, il disparaît dans un autre univers. C'est mon père qui m'a expliqué sa maladie.

S'il ne l'avait pas fait, je ne m'en serais peut-être jamais aperçu. En effet, dès qu'il me voit, Léopold retombe sur terre. Souvent, ça le fâche quand il s'aperçoit qu'il était encore parti dans son monde imaginaire.

Voilà le seul secret qu'il n'a jamais voulu partager avec moi. Tous les autres, je les connais. Ça me fait peur un peu, cette maladie. Je crains qu'un jour il oublie de revenir.

Mais je crois bien avoir trouvé un bon remède pour lui. Il s'appelle Barbotte.

Barbotte, c'est le gros chat jaune qui habitait avec mon grand-père Léopold. Ils vivaient tous les deux bien tranquilles. Et soudain, grand-papa s'est retrouvé dans une maison pour les personnes âgées qui sont malades. Barbotte est alors venu vivre chez nous.

Maintenant, je suis le maître de Barbotte. Je le nourris, nous jouons et nous parlons souvent ensemble. Même si je n'ai pas étudié le langage « chat », il comprend tout ce que je dis.

Mais aujourd'hui, je suis vraiment inquiet. Mon chat passe tout son temps couché sur mon lit. Il ne veut plus jouer à cache-cache avec moi et il ne mange même plus de biscuits en écoutant la télé. C'était pourtant notre passe-temps favori.

Ça fait au moins vingt fois que je lui répète la même chose :

— Barbotte, grouille un peu ! Demain, je t'amène voir Léopold !

Aucune réaction.

— Je lui ai promis que tu viendrais lui rendre visite avec nous. Tu dois lui réchauffer les pieds. Il ne faudrait pas le décevoir !

Depuis que grand-papa vit seul dans une chambre, il se plaint qu'il a froid aux pieds. Lorsqu'il habitait dans sa maison, Barbotte se couchait toujours au pied de son lit pour passer la nuit. C'était sa chaufferette.

— Mais bouge, au moins, tête de pioche !

Monsieur Barbotte me regarde en ayant l'air de dire: «Ne me dérangez pas, je me repose».

J'ai parfois l'impression que c'est moi qui couche dans la chambre de Barbotte et que c'est lui le maître.

— Tant pis, que tu sois d'accord ou non, demain on sort! Même si je dois te traîner par la queue!

* * *

Comme je n'aime pas gronder mon chat, et encore moins le tirer par la queue, ce matin je prends beaucoup de temps pour faire ma toilette. Plus de dix minutes, seulement pour les dents. Comme si des dents de tigre avaient poussé dans ma bouche durant la nuit. J'espère que Barbotte a enfin compris mon message.

— Ah non!

Il n'a toujours pas bougé d'un poil.

— Barbotte, debout! Ce matin, on a une mission à accomplir ensemble.

La dernière fois que nous sommes allés visiter grand-papa, je lui avais dit en secret que je lui amènerais de la visite qui réchauffe. Et ce n'est pas mon gros paresseux de chat qui va m'en empêcher!

Déjà que j'ai bien failli ne pas pouvoir tenir ma promesse. Mes parents n'étaient pas du tout d'accord avec mon idée.

J'ai donc fait des menaces, j'ai pleuré, j'ai cajolé, j'ai juré d'être sage pendant un mois... et finalement ils ont accepté. Mais à condition que je mette le chat dans un panier à pique-nique afin que personne ne puisse le voir.

Imaginez ce que Barbotte va dire quand il saura qu'il utilise le même moyen de transport que les sandwichs au beurre d'arachide et les pots de cornichons. Je n'ai même pas osé lui en parler à l'avance.

— Allez, paresseux !

Je soulève donc Barbotte en le prenant sous le ventre, comme d'habitude, pour le déposer dans le panier. C'est alors qu'il se met à miauler très

fort et qu'il gigote pour se dégager. Il essaie même de me griffer. Normalement il adore se faire prendre, mais là, j'ai l'impression qu'il a peur du panier. Je le comprends un peu.

Chapitre 2

Barbotte en voyage

Dans l'auto, tout se passe bien. Le chat est calme et nous sommes heureux d'aller visiter grand-papa.

C'est dans l'entrée du Centre d'accueil que ça se gâte un peu. Il y a une grosse cage suspendue qui contient deux beaux oiseaux blancs. De quoi exciter Barbotte, le curieux, qui décide alors de prendre un peu d'air frais. Il réussit à se sortir le bout du nez sans que ça paraisse trop mais tout à coup, c'est la tête entière qui dépasse.

Au moment où je me rends compte de sa manœuvre, je vois venir vers nous une infirmière. Vite, je pousse sur la tête de Barbotte. L'infirmière, qui nous reconnaît, nous dit bonjour en passant. Nous répondons poliment.

Fiou!... Le danger est passé.

Je regarde mes parents : ils sont tout blancs, immobiles. Ils me font penser aux deux gros oiseaux dans la cage. Mon père et ma mère ont eu la frousse. Ils n'aiment pas beaucoup faire des choses en dehors des règles. Pourtant, parfois c'est amusant...

Je crois que l'infirmière, elle aussi, n'aurait pas trouvé ça drôle de voir un chat rôder près de la cage des oiseaux. Après tout, elle ne le sait pas que Barbotte a peur des oiseaux et

qu'il n'est pas «oiseauvore», mais plutôt «biscuivore».

Nous prenons ensuite l'ascenseur et là, c'est le grand concert!

— *MIAOOOOOOOWWW!*

Je deviens tout rouge. Par bonheur, il n'y a que maman, papa et moi. Je pose le panier par terre et je m'assois dessus. J'essaie de siffler pour couvrir le bruit, mais je ne sais pas siffler. Je décide donc de chanter. La seule mélodie qui me vient en tête, c'est la chanson-thème de «Passe-Partout»! Mes parents me regardent tour à tour tandis que Barbotte miaule de plus belle. Ils n'ont pas l'air très, très contents. Et moi, je me sens très, très gêné.

Pour sa première tournée en ascenseur, Barbotte a décidé de composer toute une symphonie. Il n'apprécie pas beaucoup d'être ainsi transporté de bas en haut. Il a peur et il nous le dit à sa façon. On ne le voit peut-être pas, mais on l'entend! Il nous joue le concerto «Barbotte pour Léopold».

Les portes de l'ascenseur s'ouvrent. J'aperçois mon grand-père qui est venu nous accueillir. Il nous a vus arriver par la fenêtre de sa chambre.

— Salut, les enfants!

En entendant la voix de grand-papa, Barbotte se tait aussitôt.

Je suis toujours assis sur le panier et je sens qu'il y a quelqu'un qui pousse pour en sortir.

— Salut, grand-papa!

— Aimeriez-vous aller dans le salon des visiteurs?

Je réponds aussitôt:

— Non, non! On va dans ta chambre, on sera plus tranquilles.

Il me sourit car il a deviné depuis le début ce qu'il y a dans le panier. Léopold a toujours aimé me faire marcher.

Chapitre 3

On se moque encore de moi !

Dès que la porte de la chambre est refermée, je pose le panier par terre. En un millième de seconde, Barbotte est sorti et il bondit dans les bras de Léopold. Ils se serrent l'un contre l'autre.

— Salut, Barbotte, fredonne Léopold en caressant son ami.

Tout le monde est heureux de voir Barbotte et Léopold réunis, mais on a

quand même les larmes aux yeux. On sait bien qu'ils ne pourront pas rester ensemble et ça nous chagrine.

Quelques instants plus tard, mon grand-père dépose Barbotte sur ses genoux afin de pouvoir nous parler à son aise.

— Comment te sens-tu? lui demande ma mère.

— Ça va assez bien. Je m'ennuie moins qu'avant. Avez-vous vu la grande cage, près de l'entrée?

— Oui, il y a dedans deux oiseaux blancs qui font un drôle de bruit, quelque chose comme *rrou-rrrou !*

— Ce sont des colombes, et c'est moi qui les nourris. Ça me tient occupé et ainsi le temps passe plus vite. Pendant qu'elles roucoulent, je leur raconte des histoires. L'autre jour, je leur ai dit que la dame vêtue d'un uniforme blanc qui pose toujours des questions, c'était une colombe préhistorique, une colombo-dinosaurius !

— Une quoi ? dis je.

Grand-papa éclate alors de rire. Il se moque encore de moi !

En entendant cela, Barbotte saute sur le lit de grand-père et va se coucher au pied, allongé de tout son long sur les couvertures.

Il a l'air de vouloir dire : « Léopold, ton animal, c'est moi ! Tu n'as pas le droit de t'occuper des autres ! »

Léopold le regarde et me demande :

— Comment va Barbotte ?

— Très bien, il est en pleine forme.

Je n'ose pas lui dire que son cher minou est presque toujours couché et qu'il ne veut plus jouer. Ça l'inquiéterait peut-être.

— Voudrais-tu aller nous chercher quelque chose à boire ? Il y a des machines distributrices au bout du couloir.

— Tout de suite, qu'est-ce que vous voulez ?

Je n'ai jamais été aussi heureux de faire les commissions. J'avais peur que Léopold continue à me poser des questions.

— Rapporte ce qui te tente. Tiens, prends ces deux dollars, ça devrait être suffisant.

En secret, il sort deux autres dollars et les glisse dans ma poche.

— Tu nous rapporteras des biscuits aussi. Il y a sûrement quelqu'un qui en mangerait. Prends ceux en forme de monstre, dans la machine du fond.

Dès que j'ouvre la porte, mon père me rappelle qu'il ne faut pas courir dans les corridors, comme si je ne le savais pas déjà. Les parents s'imaginent que les enfants ont des ressorts dans les jambes et que s'ils ne nous tiennent plus la main, on se met à courir automatiquement.

* * *

J'ai beau chercher les fameux biscuits en forme de monstre, je ne les trouve nulle part. Il y a bien une distributrice remplie de gâteaux et de biscuits, mais ceux de grand-papa sont absents aujourd'hui.

Comme je m'apprête à abandonner, l'infirmière que nous avons croisée en entrant arrive.

— Cherches-tu quelque chose?

— Oui, des biscuits en forme de monstre.

— Pour qui ? me demande-t-elle gentiment.

— Pour mon grand-père Léopold.

En passant sa main dans mes cheveux, elle m'explique :

— Il n'y a qu'un seul endroit où tu trouveras ces biscuits, et ce n'est sûrement pas ici. Ton grand-père m'a dit que tu étais son meilleur ami. Alors, tu dois bien le connaître... peut-être qu'il te joue encore un tour ?

Léopold m'a encore fait marcher !

Je retourne à la chambre en bougonnant. J'ai quatre bouteilles de jus dans les bras. Comme je viens pour ouvrir la porte, la poignée recule. Une des bouteilles saute par terre... et se fracasse le nez contre le plancher.

Léopold est debout devant moi et il rit. Il tient un énorme sac de biscuits... en forme de monstre.

— Qu'est-ce que tu faisais? J'ai eu le temps d'aller à l'épicerie. Regarde ce que j'ai trouvé!

Il me débarrasse de mes bouteilles et m'aide à ramasser les dégâts. Puis nous nous installons devant le sac de biscuits.

Encore une fois, je lui pardonne.

Nous refaisons le même jeu qu'autrefois : qui mangera le plus de biscuits en deux minutes.

Léopold a encore gagné. Je me suis étouffé après le huitième biscuit. Lui, il s'est rendu à dix! Je me demande s'il les mange vraiment tous.

Puis c'est l'heure de partir. On doit
laisser grand-papa tout seul.

Je prends donc le chat pour le
mettre dans le panier et il me fait un
gros *schhhhhhh!!!*

Je regarde Léopold et lui demande :

— Qu'est-ce qu'il a ?

— Attends un instant, je vais lui
parler.

Léopold le prend dans ses bras et lui murmure un long secret à l'oreille.

— Je lui ai fait comprendre qu'il ne pouvait pas demeurer ici mais qu'il pourrait revenir, m'explique ensuite grand-papa.

Puis il dépose le chat dans le panier tout doucement. Juste avant que nous partions, il me dit :

— Tu me donneras des nouvelles bientôt !

— Des nouvelles de quoi ?

— De Barbotte, voyons !

— Pourquoi ?

— Tu verras bien.

— O.K. Salut, Léopold !

— Salut, mon grand !

Chapitre 4

Surprise !

Dès que nous entrons dans la maison, Barbotte se précipite vers ma chambre et bondit sur mon lit. Il fait l'indépendant. Monsieur ne parle plus à personne maintenant.

Un peu plus tard, c'est à mon tour d'aller dormir.

— Barbotte, laisse-moi un peu de place, tu es couché en plein milieu du lit !

Il ne bouge pas le plus petit poil du plus petit orteil de sa plus petite patte.

Je me faufile donc tant bien que mal sous les couvertures. Peut-être que «monseigneur» Barbotte décidera de changer de place durant la nuit? Il est tard et je suis trop fatigué pour discuter avec lui.

* * *

Six heures du matin.

Oh non! Mon lit est tout mouillé! Ça faisait pourtant plusieurs années que ça ne m'était pas arrivé.

Je me lève en vitesse pour aller aux toilettes lorsque je m'aperçois que mon pyjama est tout à fait sec. Bizarre, mon lit est trempé mais pas moi. Comment ai-je pu faire ça? À moins que ce soit Barbotte? Non, impossible, il va toujours faire ses besoins dans sa litière.

Je me pose encore plus de questions en entendant de drôles de petits bruits. Ça ressemble au croisement du cri de la souris et du chat. Peut-être que Barbotte a mangé une souris vivante! Il fait noir et je ne peux vraiment pas voir d'où vient le bruit. Mes oreilles sont aveugles.

Soudain, un long miaulement me fait sursauter. Celui-là, je le reconnais facilement.

J'allume la lumière, je m'approche du lit et qu'est-ce que j'aperçois?

Mon gros Barbotte avec trois espèces de petites bêtes gluantes qui essaient de lui mordre le ventre.

Ouach! C'est dégoûtant!

Je cours en vitesse vers la chambre de mes parents. Sans frapper, je pousse la porte. Je sais qu'ils ne seront pas du tout contents de se faire réveiller. Dehors, il fait à peine clair. Mais là, c'est vraiment une urgence.

— Papa, maman, vite! Y a des monstres dans mon lit!

— Quoi? Qu'est-ce qui se passe? fait maman.

— Des monstres dans ton... Oui, oui, marmonne mon père. C'est pas grave. Va te recoucher.

Ma mère se cache la tête sous son oreiller et tente de se rendormir.

Aux grands maux les grands remèdes : j'agrippe les draps avec mes deux mains, je place mon pied sur le bord du lit et je tire de toutes mes forces. Les couvertures s'envolent dans les airs et je me retrouve sur le derrière.

— Qu'est-ce qui te prend ? gronde mon père, à demi soulevé dans son lit.

— Vite, venez voir !

Enfin réveillé, il enfile sa robe de chambre en bougonnant et me suit.

Il entre dans ma chambre et s'avance jusqu'au lit. Puis, il éclate de rire. Plié en deux, il ne peut plus s'arrêter.

Moi, je ne le trouve pas drôle : j'ai l'impression que c'est de moi qu'il rit. Il va même chercher ma mère en lui disant de venir voir le phénomène.

Lorsque maman arrive, elle ne rit pas du tout. Bien au contraire ! Il faut dire que ma mère, le matin, est plutôt « sérieuse ». Si on veut lui parler, il vaut mieux prendre un rendez-vous longtemps à l'avance.

Elle regarde mon père :

— Tu le savais, toi ?

— Non, dit-il en étouffant ses rires.

— Pourriez-vous m'expliquer ce qui se passe ?

— Tu vois bien ! réplique ma mère.

— Oui, mais... je ne comprends rien !

* * *

Eh bien, croyez-le ou non, les bêtes gluantes qui sont dans le lit, ce sont des chatons. Quand mes parents m'ont dit cela, je ne les croyais pas. Normalement, des chatons c'est doux, c'est affectueux et surtout, c'est beau! Comme sur les photos de calendrier.

Si vous aviez vu les chatons... Beurk!!!

Même les monstres des films d'horreur sont plus appétissants.

— Mais qu'est-ce qu'ils font là?

— Ce sont les enfants de Barbotte, répond mon père.

Un gros point d'interrogation apparaît soudain dans ma tête.

— Qui les a mis là?

— Personne, enfin... c'est Barbotte.

— Il les a pris où?

— Dans son ventre.

— Mais Barbotte est un garçon, il ne peut pas avoir de bébés!

— Tu n'as donc pas compris? Nous pensions tous que Barbotte était un chat, mais en réalité c'est une chatte et elle vient d'avoir des petits.

— Pourquoi c'est tout mouillé dans mon lit?

— Ce qui a trempé ton lit. c'est un liquide qui était dans le ventre de Barbotte pour protéger ses bébés. Il est sorti lorsque les chatons sont nés. Laissons-les tranquilles et allons nous recoucher, ajoute mon père, en me proposant d'aller dormir sur le divan du salon.

Eh oui! Mon gros Barbotte est maintenant devenu une grosse Bar-botte.

J'aurais pourtant dû y penser! Barbotte, c'est un prénom féminin!

Chapitre 5

Règlement de comptes

— Veux-tu des œufs, du bacon, des crêpes, du pain doré?

Je n'arrive pas à m'enlever de la tête les chatons gluants. J'ai mal au cœur!

Papa n'insiste pas et me laisse choisir ce que je veux. J'avale avec difficulté un bol de céréales, puis je retourne dans ma chambre pour m'habiller.

Tiens, les monstres sont déjà un peu moins laids. Barbotte les lèche partout pour les nettoyer.

Je m'approche pour le flatter, ou plutôt la flatter, et Barbotte me fait un clin d'œil.

«On t'a joué un bon tour, hein?» ronronne-t-elle.

Mon père arrive alors avec une grande boîte. En soulevant la couverture délicatement, on y installe Barbotte et ses petits minous pour qu'ils soient bien confortables.

Je m'aperçois soudain que le temps a été plus rapide que moi. Je dois filer à l'école.

— Salut, Barbotte!

«*Marnowww!*»

* * *

La journée passe lentement. Lorsque la cloche de quinze heures sonne, je sors de l'école en courant! J'ai hâte de retrouver Barbotte, mais avant je dois aller voir quelqu'un. J'ai des comptes à régler!

Vingt minutes plus tard, je frappe à la porte de mon grand-père.

— Salut! me lance-t-il en ouvrant. Barbotte n'est pas avec toi?

— Pourquoi tu ne m'avais pas dit que c'était une chatte?

Grand-papa se met à rire.

— Je t'ai bien eu, hein?

— Oui! J'avais l'air d'un vrai fou, ce matin! Il n'était pas drôle, ton tour!

— Tu te souviens lorsque je t'ai dit que tu me donnerais des nouvelles bientôt?

— En plus, tu savais que Barbotte allait avoir des petits?

— Certainement! ricane-t-il. C'est elle qui me l'a dit!

Il passe sa main dans mes cheveux et me demande:

— Ça ne te plaît pas?

— Oui, mais qu'est-ce qu'on va faire avec tous ces chats?

— Tu pourrais peut-être en donner.

— Mais on ne peut pas séparer Barbotte de ses chatons! Tu aimerais ça, toi, qu'on donne tes enfants à n'importe qui?

— Ce n'est pas pareil pour les chats. Dans un mois environ, ils pourront se passer de leur mère. Barbotte va alors s'ennuyer de ses chatons pendant quelques jours, mais elle va s'y faire rapidement.

— Voudrais-tu que je t'en amène un? Il pourrait te tenir compagnie!

— Non, je te remercie, mais ce n'est pas possible. On ne peut pas garder de chat ici.

Au moment où il termine sa phrase, je vois une grosse larme qui se retient pour ne pas dégringoler.

— Qu'est-ce qu'on va faire?

— J'ai trouvé quelqu'un qui prendrait un chat, fait grand-papa, tout fier.

— Qui?

— L'infirmière que j'aime beaucoup.

— Celle qui a vu Barbotte dans la chambre l'autre jour, et qui n'a rien dit?

— En plein ça! Elle a une petite fille et elle le lui donnerait en cadeau pour son anniversaire.

— Ah oui?

Léopold sort alors un paquet de biscuits et nous en grignotons quelques-
uns en écoutant la télé.

— Quand est-ce que tu vas être
guéri, grand-papa?

— Avec la maladie, tu sais, on ne
peut jamais prévoir.

— Vas-tu mourir?

— Bien sûr, comme toi, comme
tout le monde.

— Quand?

Léopold éclate de rire.

— Ça, personne ne le sait. Pas plus
pour toi que pour moi. Mais c'est
certain qu'en vieillissant, les risques
augmentent. Notre santé devient plus
fragile.

—Ta santé à toi, elle est comment?

Il ne répond pas, mais me serre très fort contre lui.

Chapitre 6

La séparation

Un mois plus tard, les petits chatons jaune et noir ressemblent à des tigres miniatures. Ils marchent solidement et s'amusent avec tout ce qui leur tombe sous la patte. Ils ont déjà rongé mes pantoufles, quatre livres et trois plantes vertes à qui mon père parlait à chaque jour. Ils grimpent partout! Ils ont même réussi à faire tomber le flacon de parfum de ma mère. Catastrophe!

Le temps est donc venu de procéder à la séparation. Par miracle, mes parents ont accepté que je garde un chaton. Je n'ai même pas eu besoin d'insister. Puis l'infirmière qui travaille au Centre d'accueil a décidé de prendre les deux autres. Je suis heureux que tout se passe si bien.

Barbotte, par contre, est un peu moins contente. Elle a miaulé la nuit entière en rôdant jusque dans les plus petits recoins de la maison. Après, elle est retournée se coucher pour ronfler. Depuis son accouchement, c'est ce qu'elle fait à cœur de jour.

Elle ne semble vraiment pas rayonnante de santé et elle m'inquiète beaucoup. Elle ne veut plus jouer, ne sort plus et refuse de manger. Nous avons appelé le vétérinaire et il nous a dit que notre chatte était probablement déprimée. Mais il veut l'examiner pour être certain que ce n'est pas grave.

Il y a grand-papa aussi qui n'est pas très en forme. La semaine dernière, quand nous sommes allés le voir, il n'a presque pas parlé. Il ne faisait pas de blagues et on aurait dit qu'il avait toujours envie de pleurer. Il a simplement murmuré qu'il se sentait moins bien ces jours-ci, mais que ça allait sûrement passer. Souvent, il se touchait la poitrine et ensuite il faisait un sourire. J'ai l'impression qu'il souffrait et qu'il ne voulait pas que ça paraisse.

* * *

En rentrant de l'école, la maison me semble plus vide que d'habitude. Pas de Barbotte, pas de chaton qui court partout. Je me dis que Barbotte se sent probablement mieux et qu'elle doit être en train de jouer une partie de cache-cache avec son petit.

Je fais donc mes devoirs, puis je m'installe devant la télé tout en feuilletant un album de bandes dessinées et en grignotant quelques biscuits.

C'est seulement durant le souper, lorsque le téléphone sonne, que je constate l'absence de nos deux chats. Habituellement, dès qu'une sonnerie se fait entendre, le chaton apparaît. On dirait qu'il veut répondre lui-même.

Là, c'est mon père qui prend l'appel. Il ne parle presque pas. Avec une main, il frotte ses yeux. Puis il raccroche sans même dire au revoir.

— Qu'est-ce qu'il y a?

Papa ne dit rien et va s'enfermer dans la salle de bains. Je suis seul à table car ma mère n'est pas encore rentrée de son travail. Je ne sais toujours pas ce qui se passe, mais je sens que ce n'est pas normal.

Au bout de cinq minutes, il revient s'asseoir avec moi.

Nous sommes tous les deux mal à l'aise. Pour changer l'atmosphère, je lui raconte que Barbotte et son chaton sont cachés quelque part dans la maison et qu'ils attendent qu'on les trouve.

Il prend alors une grande respiration et m'annonce :

— C'est le directeur du Centre d'accueil qui vient de téléphoner.

— Qu'est-ce qu'il voulait ?

— Il nous demande d'aller chercher le chaton.

— Le chaton ? Qu'est-ce qu'il fait là ?

— Barbotte l'a emmené rendre une dernière visite à Léopold.

— Qu'est-ce que tu veux dire par une « dernière » visite ?

Chapitre 7

Barbotte et Léopold se reposent

Dans la maison, personne n'a dormi cette nuit-là. J'ai entendu mes parents parler pendant des heures. Moi, j'ai pleuré presque toute la nuit. Je m'ennuie de Léopold et aussi de Barbotte. J'étais pourtant habitué de ne pas les voir pendant toute une journée, mais là c'est différent. Je sais que je ne les reverrai plus jamais, ni l'un ni l'autre.

Eh oui! Barbotte et Léopold sont décédés en même temps, dans le même lit...

C'est trop triste de perdre ses deux meilleurs amis d'un seul coup. Mes deux mangeurs de biscuits préférés.

Nous avons appris ce qui s'était passé, grâce à l'infirmière que grand-papa aimait. Celle qui a adopté nos deux chatons. Elle nous a raconté qu'elle avait vu une grosse chatte jaune, tenant par la peau du cou un chaton tigré, qui essayait de se cacher dans le Centre d'accueil. Elle l'a laissée faire car elle savait que c'était la chatte de grand-papa. Elle a même laissé la porte des escaliers entrouverte afin que Barbotte puisse se faufiler.

Elle nous a ensuite dit que lorsqu'elle était retournée voir comment allait grand-papa, quelques heures plus tard, il était étendu sur son lit. Il avait les yeux fermés et il souriait. La grosse chatte était couchée sur ses pieds et le petit chaton s'amusait à tirer sur les fils des couvertures. L'infirmière a tout d'abord cru qu'ils dormaient, mais lorsqu'elle s'est approchée, elle a constaté que Barbotte et Léopold ne respiraient plus.

Incroyable, n'est-ce pas?

Barbotte et Léopold étaient tous les deux malades, mais ils se sont attendus pour mourir ensemble, dans leur position préférée.

Chapitre 8

Les adieux

Les premiers jours, j'ai eu beaucoup de chagrin. Je pleurais souvent. J'avais mal au ventre et je respirais difficilement. Plus rien ne me tentait. J'étais en colère. Je me disais que ce n'était pas juste.

Il y a eu les funérailles de Léopold. Beaucoup de gens que je ne connaissais pas sont venus nous rendre visite. Ils étaient tristes. Puis, des fois, très drôles. Même mes parents ont ri avec eux. Je crois qu'ils étaient déjà prêts à voir partir grand-papa. Mais pas moi !

Quand ils ont tous quitté la maison, je me suis senti comme soulagé. Mais j'ai pensé à Léopold que je ne reverrai plus jamais. Tous les tours qu'il m'a joués et les confidences qu'on s'est faites sont remontés à la surface. Presque un débordement. C'était vraiment mon meilleur ami. À cet instant, j'aurais aimé embrasser sa barbe piquante qui sentait le parfum du dimanche.

Papa, lui, a dit qu'il était content de savoir que Léopold n'avait pas souffert trop longtemps. Il m'a expliqué encore une fois qu'il aurait été de plus en plus malade et a rajouté que son cœur avait décidé d'abandonner.

Ça m'a un peu surpris, car je sais qu'il était très grand et très fort le cœur de grand-papa.

Salut, Léopold.

* * *

J'ai enterré Barbotte, tout seul.
Mes parents voulaient m'aider, mais
j'ai refusé. Je voulais être seul avec
elle. Je l'ai enroulée dans son vieux
tapis et je l'ai déposée dans une belle
boîte. J'ai ensuite creusé un trou.
Avant de mettre la boîte en terre, je

lui ai parlé pendant presque une heure. Nous nous sommes raconté de beaux souvenirs. Nous avons même ri un peu, nous aussi...

Salut, Barbotte.

Chapitre 9

Un tigre qui miaule

Après mes derniers adieux à Barbotte, je suis rentré à la maison, où quelqu'un m'attendait. Quelqu'un qui ne riait pas du tout!

Dès que j'ai ouvert la porte, le chaton s'est planté droit devant moi en poussant un long miaulement. Un vrai tigre qui me regardait droit dans les yeux. Je l'ai presque entendu rugir :

«Je suis vivant, moi, en pleine forme et prêt à jouer! Je suis fatigué d'être toujours tout seul et d'entendre pleurnicher. J'ai besoin qu'on s'occupe de moi, compris?»

Je l'ai alors serré dans mes bras et j'ai enfoui ma figure dans son poil. C'est là qu'il s'est mis à me chatouiller en glissant sa langue dans mon oreille, comme le faisait Barbotte. Il a même réussi à me faire sourire.

Tout en continuant à le caresser, je suis allé chercher le paquet de biscuits et nous en avons savouré quelques-uns. En voulant lui parler, je me suis tout à coup rendu compte que je n'avais même pas encore pensé à lui trouver un nom.

— Peut-être bien Barbottine?

Le chaton s'est frotté les deux oreilles avec ses pattes.

— Barbotte, alors? Comme ta mère?

«*Marnowwwwww!*»

Mais avant, juste une petite vérification... Est-ce un chaton ou une chatonne? Je ne tiens pas à me faire jouer le même tour deux fois de suite!

— Salut, Barbotte junior! Si on s'offrait encore quelques biscuits?

Table des matières

Mot de l'auteur

Pierre Roy

Ce livre est pour moi très important. L'accouchement de Barbotte a eu lieu pour vrai. Le chat s'appelait Chatouille et ses maîtres Annie et Mylène. Mais nous, on le savait que c'était une chatte, on avait vérifié avant! Ce qu'on se demandait, c'était quoi faire avec ces petites bêtes? Quant à mon chien Raoul, il est fâché et il boude parce que j'ai mis un chat dans mon histoire.

J'aime beaucoup lire, écrire, faire de la musique et du cerf-volant acrobatique.

Mot de l'illustrateur

Philippe Germain

La famille Barbotte, c'est une partie de mon enfance. Voyez-vous, Barbotte est la réincarnation de mon gros chat jaune, Maurice (sauf que ce dernier mangeait moins de biscuits!) Il a fallu peu de temps à mes souvenirs pour dessiner ses cabrioles et ses espiègleries. Malheureusement, un jour je l'ai perdu. Peut-être a-t-il été rejoindre Léopold? Il me manque beaucoup... Salut, Barbotte, Maurice et Léopold!

Les animaux, quels compagnons extraodinaires! J'ai présentement le plus merveilleux des chiens, Max, et j'espère pouvoir le garder le plus longtemps possible... Tiens, peut-être qu'un jour pour l'immortaliser, je lui ferai une petite place sur une page couverture d'un roman!

Dans la même collection

Bergeron, Lucie,
Un chameau pour maman
La grande catastrophe
Zéro les bécots !

Boucher Mativat, Marie-Andrée,
La pendule qui retardait
Le bulldozer amoureux
Où est passé Inouk ?
Une peur bleue

Campbell, A. P.,
Kakiwahou

Comeau, Yanik,
L'arme secrète de Frédéric

Gagnon, Cécile,
L'ascenseur d'Adrien
Moi, j'ai rendez-vous avec Daphné
GroZœil mène la danse
Une lettre dans la tempête
GroZœil en vedette à Venise

Gagnon, Gilles,
Un fantôme à bicyclette

Gélinas, Normand,
La planète Vitamine
Une étoile à la mer!

Julien, Susanne,
Les sandales d'Ali-Boulouf
Moulik et le voilier des sables

Low, Alice,
La sorcière qui avait peur

Mativat, Marie-Andrée et Daniel,
Le lutin du téléphone
Mademoiselle Zoé

Rollin, Mireille,
La poudre de Merlin-Potvin

Roy, Pierre,
Barbotte et Léopold
Salut, Barbotte!

Sauriol, Louise-Michelle,
La course au bout de la Terre
La sirène des mers de glace

Simard, Danielle,
Lia et le nu-mains

ACHEVÉ D'IMPRIMER
EN FÉVRIER 1995
SUR LES PRESSES DE
PAYETTE & SIMMS INC.
À SAINT-LAMBERT (Québec)